부산여자의 서울여행 2박3일

RIM`S SEOUL STORY

SOULMATE

부산여자의 서울여행 2박3일

발   행 | 2017년 8월 18일

저   자 | 정예림

펴낸이 | 한건희

펴낸곳 | 주식회사 부크크

출판사 | 등록 2014.07.15 (제2014-16호)

주   소 | 경기도 부천시 원미구 춘의동 202
          춘의테크노파크2단지 202동 1306호

전   화 | 07040857599

이메일 | inf0@bookk.co.kr

ISBN | 979-11-272-2099-0

www.bookk.co.kr

부산 여자의
서울여행

여자의

2박3일

CONTENTS

DAY1

하늘

대학로

DAY2

인사동

명동/청계천

서울숲

그를 만나다

DAY3

연세대탐방

신촌/홍대

부산여자의
서울여행 1일차

서울. 서울. 서울

서울 사람들은 그렇게 부산에 오고 싶다고 난리들인데,

나는 부산을 떠나지 못해 난리인 것 같다.

나에게 있어 서울은 충전이자, 힐링이다. 그리고 사랑이다.

바쁜 일상속에서 진짜 여유를 만나는 여행.

뚜벅 뚜벅 시내를 걸으며, 여유를 만나보자!

1일차

PLACE1. 하늘!

"하.. 항상 날씨는 이런식이야."

✈ 김해공항

　　　－김포공항

비행기를 예매하면 아침 날씨에 굉장히 민감해진다. 버스를 타자니, 시작도 전부터 멀미에 지칠것 같고, KTX는 다리 길이에 비해 좁아서 불편하고, 시간도 넉넉한 여행이겠다, 특가항공권도 떴겠다, 국내선 비행기를 해매했다.

지하철에서 공항가는 길 내내 열심히 뒤져보았다.

"실시간 항공정보"

공항 공식홈페이지에 가면 실시간으로 지연이나 결항 여부를 알수 있다.

국내선 간판을 보고도 한껏 들뜬 나와는 달리 하늘은 우중충 그자체... 괜찮아. 흐려도 비행기는 뜰꺼니까. 행선지는 국내지만, 마음만은 국제선처럼!

참! 국내선 항공도 요즘은 신분증이 꼭 있어야 한다니까. 신분증 까먹지 않기!!

요즘은 어플이 좋아서 항공권을 휴대폰으로 간단하게 체크인을 마치고, 보안검색대를 지나 탑승구로!!!

너무 빨리 들어온걸까... 시간이 많이 많이 남아서 화장실에서 사진 한 장. 역시 공항 화장실은 예쁘다.

커피 한 잔과 함께 뜨고 내리는 비행기들을 본다. 예쁜데 김해공항은 군사시설이라 사진을 찍으면 안된다고 들었기 때문에 국가보안을 위해서 적당히 찍는걸로.....

비행기 탑승까지 기다리고 또 기다리고... 왜 공항 노숙이라는 단어가 생겨났는

시 그 이유를 알겠다. 아침부터
시골 여자처럼 괜히 일찍와서
돌아다녔더니, 의자에 앉자마자
졸기 시작했다.

졸려졸려졸려.

이래서 나 비행기 제 시간에 탈 수
있겠지?!!!!

짠! 신나게 비행기에 올랐다. 두번
째줄 창가자리를 선택했다. 일찍
타고 일찍 내릴 수 있는 자리라 너
무 좋았다.

"담요주세요."

담요 두르고 구름 사이로 비치는 햇살을 조명 삼아 셀카 찰칵. ^_^ 목베게도 꺼내고, 누가 보면 해외장거리 가는 줄 알겠네... 가보고 싶다. 멀리 장거리. 자고 일어나도 아직 가야 할 하늘길이 한참 남은 그런 비행, 기내식 꼭꼭 씹어먹고, 와인주면 와인도 한 잔 해보고 (아빠한텐 비밀이야;;)

나도 언젠간 비행기타고 머~~~얼리 가보고 싶다.. 꼭 갈꺼야. 꼭!

하늘에서 본 김해
논과 밭, 산과 강
알록 달록 예쁘다

점점 더 날아 올라
구름 속으로!!

구름이 잔뜩낀 하늘이

나를 반겨주었다.

정말 저 위에 누우면

폭신폭신 할 것 같았다.

과학적으로 따져보면

물 알갱이라

눕긴 커녕 중력이 당기는 만큼의 속도대로

나는 지상을 향해 떨어지겠지만

동화같은 상상을 해본다.

우중충 했지만

더욱 매력있는 하늘이었다

하얀 구름과

파란 하늘

그리고 비행기 날개

올라갈수록

하늘은 자기 맘대로 변했다

그것마저도

너무 예뻤다

11

나타났다. 서울 시가지가 보이기 시작했다

저멀리 보이는 내가 사랑하는 한강

부산 바다가 안락함이라면

서울 한강은 바쁜 일상속의 여유를 느낄수 있게 해준다

김포 착륙

얼라이요? 비옵니까??

우산도 없이 왔는데

1일차
PLACE2. 대학로!

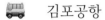　　김포공항
　　　　　－대학로

대학로는 나에게 의미있는 공간이다.

나에게 성전과 비슷한 느낌을 주는 신성한 공간이었다. 물론 내가 연극학도 일때 말이다. 하지만 지금은 놀이 공간이 되었다.

놀자! 놀자!!

대학로야 기다려라!!!!!

옛날 생각에 이끌려 들어간 미정국수

현금만 받을 줄 아는 주문자판기를 보고 흠칫 놀란 시골여자는 밖으로 나가 비맞으며 현금지급기를 찾아 헤맸다.

현금 만원 달랑 찾아와 주문하고 밥을 먹으면서 알게된 사실

카드 결제 가능아오

오설록 첫 도전.

판매되는 녹차의 쓸쓸함을 좋아하지 않는 나인데

왜 유독 이날은 오설록 녹차맛을 보고싶었을까?

커피맛 만큼이나 인생맛을 느끼게 하는

오설록 녹차였다.

반해부려쓰!

16

#겨냥아 사랑해 이벤트

뮤지컬 옥탑방 고양이를 예매했다.

티켓팅을 하니 저런걸 주셨다. 바로 겨냥아사랑해 이벤트인데 SNS에 #
겨냥아사랑해 해시태그를 하면 목표도달수 만큼 유기묘들에게 사료를 지
급하는 착한 이벤트이다 신나서 야옹이모드로 이벤트 참여

#겨냥아사랑해

극장은 틴틴홀이다.

들어가는 곳 부터 단 하룻밤의 실수..... 그게 뭘까 ㅎㅎㅎㅎㅎㅎㅎㅎㅎㅎ

배우들을 향한

팬들의 사랑이 가득하다.

이 힘에 배우들은 오늘도 열심히 공연을 하지요~

공연 내용은 스포니까 숨겨두고

가운데 정은이랑 경민이 그리고 뭉치와
겨냥이 이 두 커플이 펼치는 기상천외
의 동거이야기. 너무 재밌다. 보고 또
봐도 재밌다.

충분히 현실에서 일어날 법한 이야기,
일어났으면 하는 예쁜 사랑이야기. 보
는 내내 웃지만 마음이 짠해진 이야기
였다.

20

공연이 끝나고 얼른 게스트하우스를 찾아 체크인을 하고 (얼른 이라 하였지만, 또 헤멤) 저녁엔 뭘할까 고민하다가 이번에는 복순이 할배로 예매!! 뚜둔!!

정평배우, 이태오배우, 허은미배우 캐스팅이었다. 꺄 은미선배!!!!!

이때다 싶어서 냉큼예매

부산에서도 못본 공연을 서울서 보게 되다니!!! 행복하게 저녁 먹을곳을 헤매다 공연시간 맞춰서 극장에 도착했다!!! 오랜만에 언니를 만난터라 작은 선물도 준비했다~

배우들을 위한 최고의 선물! 텀블러를 준비했는데 사진이 없네, 라이언 하나, 무지하나 예쁘게 사서 공연보러 갑니다~~

역시 저 할배그림이 우리를 반겨주고 있다. 복순이라는 예쁘고 수덕한 이름과는 어울리지 않고 심술궂고 악독하게 생긴 얼굴.

부산에서 공연포스터를 보면서 참 안 어울린다고 생각했는데, 저 할배가 복순이가 된 이유는 공연에 숨어있다.

눈물 나는 사연이 있응께 공연해서 확인해라!

지하로 내려가는 벽면에는 이렇게 포스터가 숨어있다. 하..할배 없는데여? 할배 누구세요?

커튼콜을 담아왔다!! (이것은 이북의 장점??)

우왕.. 생각없이 쓰다간

스포되기 딱 좋겠다. 그래서 글을 줄여야지..ㅎㅎㅎ

배우들이 마음껏 박수 받는 시간!

오! 아무것도 모르고 예매했는데

오늘이 바로 "관객과의 대화"가 있는 시간이었다!!! 나는 그저 선배를 보러왔을 뿐인데... 다양한 생각과 의견이 오가는 따뜻한 시간이었다. 시작하기전 배우들의 포토타임!

대학로. 이미 많은 웃음을 주는 공연들로 어찌보면 과포화 상태인데, 울리는 공연을 선택한 대표님의 패기! 그리고 전 관객 울리기 성공!!

아 내용이 유출될것 같아. 처음 시작할 때는 '과연 이 공연이 나를 정말 울릴까?', '이 공연의 정체는 과연 뭘까?' 였지만, 끝날 때 몰려 드는 그 감동은

이.루.말.할.수.가.없.어.요

배우-관객 과의 대화

대표님&배우 인사

텅 빈 무대

텅 빈 무대는

참 매력적이다.

신성한 제단같은 느낌?

극장을 나서는 관객에겐

아쉬움으로

무대를 내려오는 배우에겐

뿌듯함으로 남길....

25

공연이 끝나고 선배를 잠시 만났다.

예전에 편입준비로 서울에 왔을 때, 선뜻 집을 내어주며 재워준 선배이다. 그 이전에 내가 중2때 처음 연기를 배우겠다고 학원 문을 두드렸을 때, '미달이'라는 별명을 가진 연기에 열정이 넘치는 언니였다. 더 열심히 해서 더 좋은 학교 가라고 그렇게 조언을 아끼지 않았는데, 우리는 선후배의 연을 맺게 되었고, 후배가 되어 간 첫 공연때 '선배랑 꼭 같은 무대에 서고 싶어요'라고 했는데, 결국 그 말을 지키지 못했다.

선배는 나에게 늘 좋은 롤모델이었다. 뮤지컬 배우를 꿈꾸던 시절 선배의 모든 것이 내겐 교과서였다. 거울이었고. 딱 정석대로 꿋꿋하게 그 길을 걷던 선배를 보며 많은 후배들이 따라 걷기 위해 노력했다. 선배는 선배의 길을 열심히 가느라 바빴을텐데. 그 뒤를 따라 오는 후배들을 보셨을까? 그 중 하나가 나였는데....

오랜만에 본 선배는 그때의 그 열정 그대로다. 이제는 무르익을대로 무르익어 정말 배우였다. 소극장에 두기 아까운 배우. 대사며, 노래며, 춤이며, 연기며 더 큰 무대에서 보고싶은 선배! 앞날을 기대합니다 !!!

〈1일차 정보〉

낮에 본 공연

-〉 연극, 옥탑방 고양이

저녁에 본 공연

-〉 뮤지컬, 복순이 할배

먹고 마신것

-〉 미정국수(혜화), 오설록(틴틴홀 앞)

숙박

-〉 봉 백팩커스

부산여자의
서울여행 2일차

행선지는 정해졌지만, 가는길은 내맘대로

가는길은 내 맘대로지만 길 잃는건 안 내맘대로

난 왜 GPS를 켜놓고도 길을 잃을까?

그 속에서 당신을 만난다.

내 나침반이 되어주세요.....

"인사동에 가면 스타벅스를 가봐야지"

2일차
PLACE1. 인사동 스
타벅스!

 대학로

왜? 거기가면 한국어로 정갈하게 쓰인 스타벅스의 간판이 있으니까! 된장녀라고는 할 수 없지만 나같은 스타벅스 매니아에게 인사동은 특별한 장소이다.

길 가기위해 버스를 타고 나섰다. 인사동에 내리지 않고 내 발걸음은 경현궁근처에서 멈추었다. 북촌한옥마을이 여기구나!! 다음에는 여길 꼭 가봐야지!

그렇게 한참을 걸었다. 아침이라 아직 다 떠오르지 못한 태양의 더움은 서럽펐다. 나는 걸을수 있을거라 생각했다. 볼것 많은 인사동을 상상하고 있었기 때문에!!!! 하지만 지금은 오전9시. 인사동의 아침이 시작되기엔 아직 이른 시간이었다. 하는 수 없이 돌고 돌다가 스타벅스를 향했다. 원래 계획은 다 돌고 아점을 스타벅스에서 해결하려고 했는데.. 그래서 운현궁 앞에서 토스트를 먹었는데.... 계획변경!!!

한글 간판 인것 말고는 타 지점과 별 다를게 없다. 별 다를게 없는 분위기와 별 다를게 없는 커피맛, 별 다를게 없는 배경음악. 그냥 평소에 늘 자주가서 편안한 우리동네 스타벅스 같은 느낌이었다!

반갑소!!

하지만 오늘은 다른 도전을 해보기로 했다.

새 음료 도저어어어어어어어언~~~~~~

모든게 다 똑같다면, 음료라도 다른걸 마셔야 다른곳이라 느껴지겠지라는 마음으로 시켜본 헤이즐럿 더블샷라떼

시럽과 우유가 잔뜩들어가서 이미 달고 달고 또 달거라 예상했다. 역시 한모금 머금자 달달한 헤이즐럿 시럽맛이 머릿속을 망치로 딩-하고 때리는것 같았다. 음향엔지니어 하고 바로 서울와서 어제 하루종일 길 헤메고 다니느라 잔뜩 피로해져 있었는데 그 피로가 한방에 싹- 사라지는것 같았다.

그 후에 몰려드는 우유맛. 나의 위를 위로 해주는 듯 빈 속을 감싸 안았다.

아 이래서 사람들이 다들

더블샷라떼를 찾는구나!!!

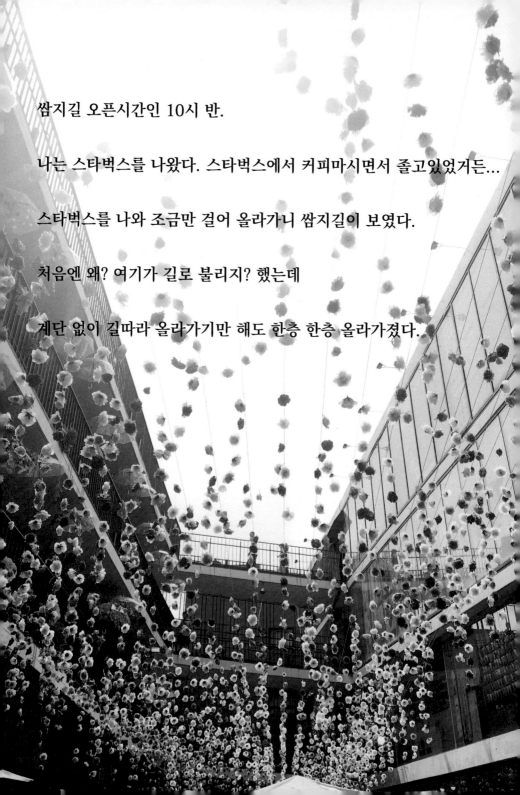

쌈지길 오픈시간인 10시 반.

나는 스타벅스를 나왔다. 스타벅스에서 커피마시면서 졸고있었거든...

스타벅스를 나와 조금만 걸어 올라가니 쌈지길이 보였다.

처음엔 왜? 여기가 길로 불리지? 했는데

계단 없이 길따라 올라가기만 해도 한층 한층 올라가졌다.

목 공예하시는 분의 목마였다. 삼각대를 사고 싶어서 스타벅스에서

쌈지길 오는 길에 그 거리를 한바퀴 돌아 보았으나, 셀카봉은 있는데,

삼각대는 보이지 않았다. 그래서 하는수 없이 자체 셀카봉!! 긴 팔을

이용해서 주변 사람들이 보던지 말던지 그냥 신경쓰지 않고 찍었다.

알록달록한 색감이 너무 예뻤다.

이렇게 오르내리면 층고가 달라진다. 다르게 보이고 다르게 찍힌다.

확실히 한국인보다 외국인이 많다. 다들 둘이 오거나 떼로 몰려옴. 혼자는 나 뿐이야. 찍는 내내 울엄마랑 같이 와야지. 나도 누군가랑 같이 와야지 하는 생각이 가득했다.

힝. 혼자와서 외.롭.다.

이것은 그네.꽃그네

셀카주의자에게 두 손이 나왔다는 것은 혼자찍은게 아니라는 증거이다. 그렇다. 혼자 찍은것은 아니다. 저 앞에 찍은 목마의 도움을 받아 찍었다.

옆에서 어찌나 신기하게 쳐다보던지....

많이 보세요~ 하고 꿋꿋하게 찍음.

삼각대로 찍었으면

동네 구경날뻔 했다.

그럼 이제

다음장소로 이동해 볼까?

35

2일차

PLACE1. 명동/청계천!

　　인사동

　　-명동가다 잘못내림

청계천.. 그냥 가고싶은 곳중 하나였다.

설마 내가 이 더위에 청계천까지 가게 될 줄이야.

나는 명동인 줄 알고 내렸다. 명동인 줄 알고 내렸는데, 우왁! 잘 못 내렸다.

길치3종세트다. 길 몰라, 길 못봐, 잘 못
내려ㅜ

짠!

얼떨결에 청계천 나들이가 되었다.

매번 TV에서만 보다가 이렇게 강가까지
내려오게 될 줄이야!!! 나도 물에 첨벙첨
벙 하고 싶은데, 밤에 중요한 약속이 있
어서 그럴수가 없었다.

　　대신, 우리 다음에 같이 걸어요~

우왁ㅆ!

나, 다시는 명동에
혼자 가지 않을 것 입니다.

명동은 그냥 미로였다.

같은 지점을 세번째 돌자 짜증이 살짝 밀려들었다.

찾는 "비플로르"도 없어졌고ㅠㅠ

배는 고프고 덥고 지친다.

in 명동

한국 하늘이라고 하기엔

부드럽고 보드라운 구름이 뭉게뭉게 피어있었다.

구름결 같은 마음을 가져야 하는데 말이지.....

2일차
PLACE1. 명동/청계천!

 인사동

    -명동가다 잘못내림

최종목적지인 강남을 가기 전에 경유한 서울숲

생각보다 버스정류장이 멀었다.

눈이 부시도록 파아란 하늘과 온통 초록초록한
서울숲은 너무 예뻤다. 파랑과 초록의 만남.

도심 한 가운데 이런 숲이 있다니.

너 그런데 부산의 공원들은 가 본거니?

이것은 공원 입구입니다.

사실, 이 때까지만 해도 아직 실감이 가지 않았다.
땀 흘리면 안되는데.. 그 생각 뿐이었다.

미지의 세계로 향하는 입구처럼 이 산책로 입구는 나를 빨아들이고 있
었다.
더위속에 감추어진 풀내음을 따라 한 걸음 한 걸음씩 따라가니 초록요
정들이 나를 반기고 있었다.

Hi Green!

가메라야? 초점은 언니로 맞춰 줘야지?????

어딜 맞추는거야! 뒤에 보이는 아파트인건 기분탓인가?

어디가?

윙? 나?

이런거찍어보고 싶었다.

한 여름날의 서울숲은 자유 그 자체였다.

저 돌담뒤에는 노신사 한분이 멋지게 피아노를 연주하고 있었다.

그리고 한 노커플이 나무그늘 아래에서 쉬고 이야기를 나누고 있었고,

한 여자가 청승맞게 삼각대를 펼치고 사진을 찍어내고 있었다.

나야 나! 나야 나!

51

가던 길로 안가고
다른 출구로 나와봤다.

역시나 GPS켜고 길을 열심히 헤멨다.

결국 내렸던 곳에서 버스를 타는데
숫자를 잘못봤다.
한양대까지 가서 다시 서울숲으로 온 뒤 강남으로 갔다.

게스트 하우스에 체크인을 하러 가는데
역삼에서 헤멨다.

정녕 나는 바보인가..

파란 하늘에 하얀구름이 어찌나 예쁜지
나를 놀리는것 같았다.
구름한테 놀림 당하는 기분 ㅠㅠ

일차

LACE4. 그를 만나다!

🔦 강남

　-올림픽대로-영등포

감사합니다.

누군가를 만나는 건 즐거운 일이 되었다.

즐거운 일이된건 얼마 되지 않았다.

처음 먹어보는 음식. 멕시칸!

처음 보는 음식도 시도 하는데 두려움이 많은데 무슨 용기였는지, 선뜻 먹었다. 생각보다 맛있었다. 굉장히. 그리고 역시 음식은 누구와 먹느냐가 중요한것 같다. 어색함을 달래기 위해 나를 놀리는 ㅜㅜ 형.

그렇게 짧은 시간 맛있게 먹고 게스트 하우스로 돌아왔다.

역시 나는 2층 침대가 편해. 지상이 편하고.

아쉬움만 가득한 채, 서울에서의 마지막 밤이 저물었다.

그리고는 새벽같이 깼다. 역시 내 침대가 아니라 그런지, 일찍 깨서 나왔다. 목적지는

연세대! 신촌! 홍대로 고고!!!

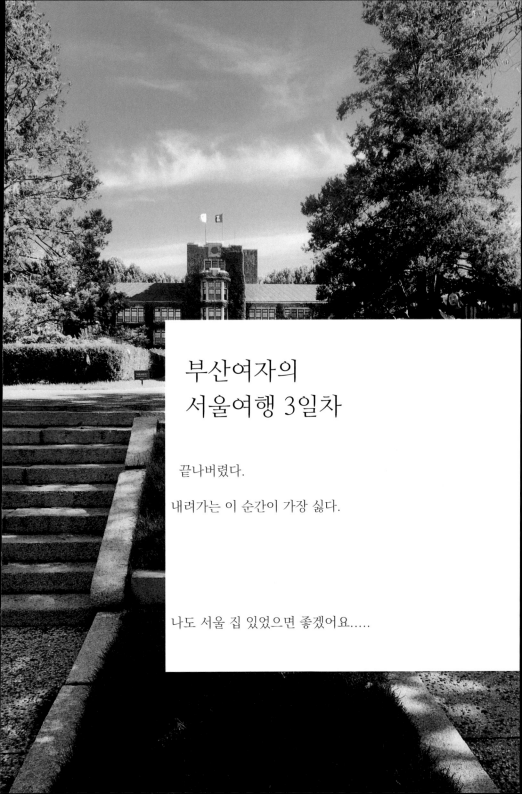

부산여자의
서울여행 3일차

끝나버렸다.

내려가는 이 순간이 가장 싫다.

나도 서울 집 있었으면 좋겠어요.....

3일차
PLACE1. 연세대 탐방
🚌 강남

-연세대

좋다, 연세대!!!

일단, 평지학교라서 좋아요.

이단, 오르막이 없어서 라고 하려 했
만, 있었다.

오르막이 적어서 좋아요.

삼단, 최신 시설 학교네요.

언더우드의 뜰에 가까워 질수록 인증
남기는 고등학생들이 많아졌다. 역
입시 성지인가 보다. 특히, 주말이라
런지, 중학생, 초등학생도 많았다.
히, 초등학생은 단체로 투어 온 친구
이 많았다.

58

저기 저 화단에서 사진을 찍으려면 눈치를 보며 기다려야 한다.

아마도 저 곳이 인증샷의 성지인 것 같다.

언더우드의 뜰에 가면 동상이 있는데 거기는 줄도 서 있었다.

교훈 같은 건가?
진리가 너희를 자유케 하리라

몰라,
혹시라도 내 인생시간표에도 박사라는게 있다면

고 생각한 서울여행의 마지막 장식은
비행기 지연!!!!!
30분 출발 비행기였는데,
30분 가까이 지연되었다.
게다가 2분 늦는 바람에 리무진도 놓치고
나는 모임에 1시간 지각.
도 쉽지 않구나.ㅜㅜ

다음부턴 그냥 누가 데리고 다니는
패키지 여행을 시도해봐야지!!!
해외로!

홍대 레그
가페는 시
각보다 고
가였다. 혼자가기엔 너무 비합리적
나쁜 가격!!! 떽!!!

그래서 길을 헤매면서 열심히 검색.
나의 검색에 걸려든것은 바로 퍼즐카
페!!!

3일차
PLACE2. 신촌/홍대
🚗 강남

－올림픽대로－영등포

오픈하기도 전에 도착해서 알바오빠 오픈 준비하는 내내 멍-때리다
가 오픈한다는 말에 신나서 주문, 퍼즐도 가져오고... 한참 퍼즐에
빠져서 하고 있는데, 주위엔 점점 커플분들이.....

두시간 딱 맞춰서 놀고 쿨하게 나와버렸다.

퍼즐 카페에 간 이유는 바로?!

부산가는 비행기 예매시간까지 한~~~~~참 남았기 때문에!

두시간 혼자놀기 지루하다
홍대 〈더 퍼즐
주말_2시간
음료 주문시 기본퍼즐 무제한

아쉽지만 끝났다

고 생각한 서울여행의 마지막 장식은
비행기 지연!!!!!
30분 출발 비행기였는데,
30분 가까이 지연되었다.
게다가 2분 늦는 바람에 리무진도 놓치고
나는 모임에 1시간 지각.
부산 오는 길도 쉽지 않구나.ㅜㅜ

다음부턴 그냥 누가 데리고 다니는
패키지 여행을 시도해봐야지!!!
해외로!